소지섭의
길

소지섭의
길

소지섭 지음 The Way

살림

30대 중반으로서 저는 어떻게
살아가야 하죠?
자신을 찾아 자신감
담담하게 지내는 일.
그리고 뜻있는 삶‥‥
노력은 하는데
쉬운일은 아닌것
같아요

좋아서 한 일인데
이제 일이 돼버려서
즐기지를 못할때
계속 더 열심히
해버려란
말이
가슴에
남아요

소양호에서의
소재님
2180 10.7

휴식과 여행

시작

겨우 잠이 들었는데 일 때문에 걸려온 전화를 받고 깬다.
해야 할 일들로 하루가 빽빽하다.
　　　　사람들을 만나야 하고, 웃어야 하고, 또 무슨 말이든 해야 한다.
　　　　　　　　　세수 안 한 얼굴로 슬리퍼를 대강 끌고서 밖으로 나가도
나를 알아보지 않는 곳, 그런 곳이었으면.

　　　　　　　　　　　자, 진짜 여행의 시작이다.

대진항 *Port Daejin*

동해안에서 갈 수 있는 최북단 항구.
700여 척의 어선이 드나드는 동해안의 대표적인 어항.

이른 아침부터 밤새 잡은 고기들을 내놓고 떠들썩한 흥정이 오간다.
어선들이 파도에 출렁이며 끼익끼익 소리를 내고
여인들은 그물을 손질하느라 손을 바쁘게 놀린다.
부두의 삶이란 매일 아침 살아 펄떡이는 것 같다.

드라마나 영화가 한 작품씩 끝날 때마다 나에게 휴가를 주곤 한다.
혼자 바닷가의 바람을 맞는 것도 오랜만이다.
저기 너머에 해가 다 뜰 때도 됐는데…….

비라도 올 것 같다.

누가 그러던데.
우리나라에는 어떤 깊은 섬에 들어가더라도 꼭 있는 두 가지가 있다고.
그게 바로 교회와 중국집이란다.

최북단 항구의 방파제에도 어김없이 ○○반점 전화번호가 다닥다닥 찍혀 있다.

바다에서 불어오는 눅눅한 바람.

전에도 이런 바람을 만난 적이 있어.

기억이 살아난다, 어렴풋하게.

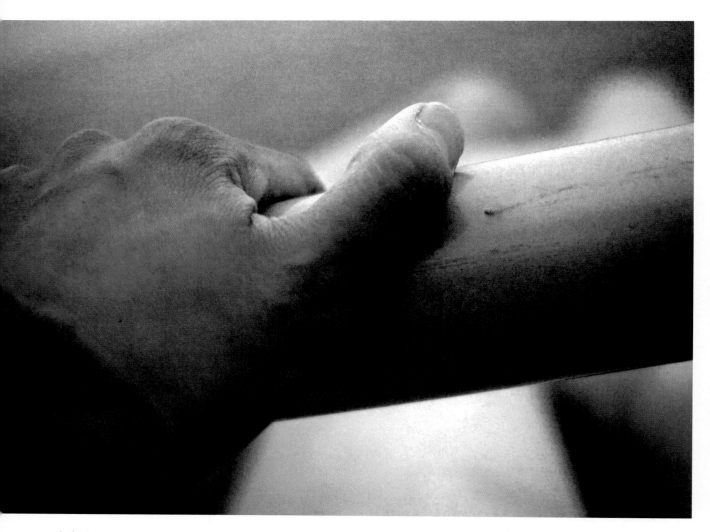

거친 손……
이 손 또한 내 손이다.

내 카메라에 담긴 내 모습.
　　　　나는 누구일까?

두려움

어렸을 때에는 인천에 살았다.
우리 동네 바닷가에 방파제가 놓이기도 전이었는데, 거길 친구들과 겁도 없이 뛰어다니고
아저씨들을 따라 낚싯대를 내리고서 아무 데나 앉아 있곤 했다.

몇 년 전, 조오련 선생님과 대한해협을 헤엄쳐 건너기도 한 나는 사실,

바다가 무섭다.

이렇게 말하면 사람들이 놀란다.

바다 수영을 해본 사람은 알 것이다.
특히 껌껌한 바닷속을 가만히 들여다보는 건 그야말로 공포다.
그 안에 숨겨진 것은 아무도 모른다.
인간은 우주까지 가봤지만 깊은 바닷속은 여전히 숙제로 남겨졌으니까.

이 사람들도 바다가 무섭지 않을까?

23

20여 년 동안 마도로스로 살다가 지금은 횟집을 하고 있다는 한 아저씨가 다가와 말을 건다.

저도어장이라고, 대진항보다 더 북쪽에 있는 어장이 이번에 다시 열렸어요. 알고 있어요?
예전에는 거기로 고기 잡으러 떠나서 못 돌아오는 배들도 많았지.
그래서 한동안 그 어장에 못 가게 해놨었는데, 이번에 제대로 크게 열렸다네.
돈 모아둔 걸로 다시 배를 사려고. 내가 거길 꼭 가고 싶었거든.

저도어장에서 잡은 숭어는 자기 팔뚝보다 훨씬 더 크다고 자랑하듯 말씀하신다.

에이, 설마요.

나는 웃었지만 아저씨가 다시 잡을 생선이 그가 말한 것보다 더 컸으면 하고 바란다.

이곳 사람들은 언제 어떻게 변할지 모를 변덕스러운 바다와 더불어 살아간다.
그들이 바다를 지키는 건 두려움이 없어서가 아니라
아직도 가야 할 곳이 많기 때문인 것 같다.
바다란 그 속을 알 수 없어서,
그래서 더 신비로운 곳인지도 모르겠다.

화진포호 *Lake Hwajinpo*

어느 성질 고약한 시아버지와 마음씨 착한 며느리의 전설이 전해 내려오는 곳.
김일성과 이승만, 이기붕의 별장이 자리 잡고 있다.
연어, 숭어, 도미 등 서식어가 많아 낚시터로 유명하며,
겨울에는 고니나 오리와 같은 철새들이 찾아오고 천연기념물인 백조도 볼 수 있다.

갈대숲 앞에 펼쳐진 호수의 모습이 평온하다. 말로만 듣던 백조의 호수가 이곳일까.

화진포호 이야기

호수 옆에 놓인 팻말에 뭐라 뭐라 적힌 글이 있다.
화진포호에 얽힌 전설이란다.

옛날 옛적에 '이화진'이라는 심성 고약한 시아버지와 마음씨 착한 며느리가 살고 있었다.
어느 날 한 스님이 이화진의 집에 시주를 받으러 왔다.
구두쇠 시아버지는 소똥 한 바가지를 퍼다 스님에게 붓고는 그를 멀리 쫓아내버렸다.
이미 몇 년 전 두 번이나 다녀간 스님에게 좁쌀을 한 숟갈이나 퍼준 기억이 났기 때문이다.
이 모습을 본 며느리가 미안한 마음에 쌀 한 되를 가지고 스님 뒤를 얼른 따라 나갔다.
하지만 스님은 보이지 않았고 서늘한 느낌에 뒤를 돌아보니 집터가 퍼런 호수로 변해 있는 것이 아닌가.
애통해하던 며느리는 결국 병을 얻어 죽고 이후 나라에는 홍수와 흉년으로 기근과 전염병이 끊이질 않았다.
마을 사람들이 며느리의 넋을 위로하기 위해 매해 굿을 해준 뒤로는 농사가 잘되고 전염병도 사라졌다고 한다.

분명 슬픈 이야기인데 좀 엉뚱한 것 같아서 피식 웃음이 났다.

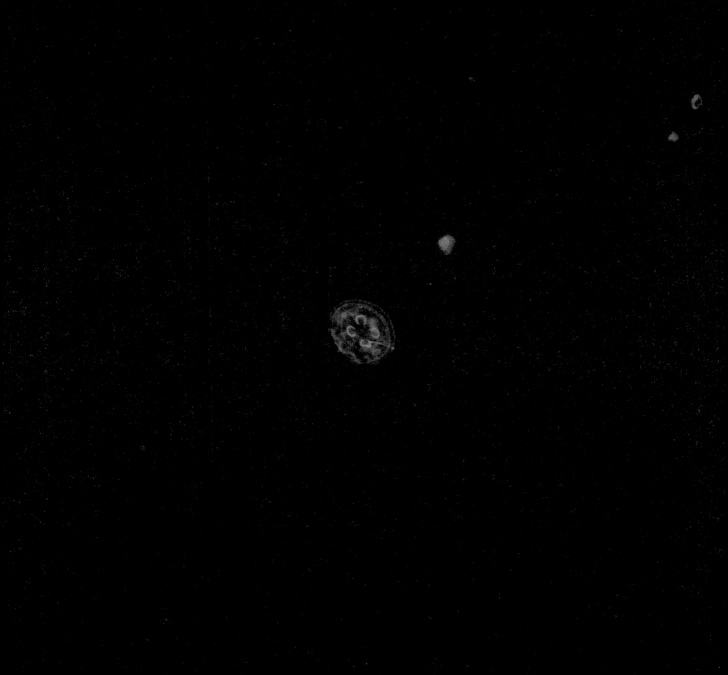

호수 너머로 바다가 펼쳐져 있다.
어디까지가 호수이고 바다인지 구별할 수 없을 만큼 맞닿아 있어,
호수와 바다 사이에 있는 백사장을 해수욕장으로 이용하고 있다.
화진포호는 규모가 커서 거의 바다라고 해도 될 정도라고, 한 주민에게 얘기를 들었다.

호수를 헤엄쳐 다니는 해파리가 이상할 것도 없겠다.

바람이 부는 걸로 보이니?

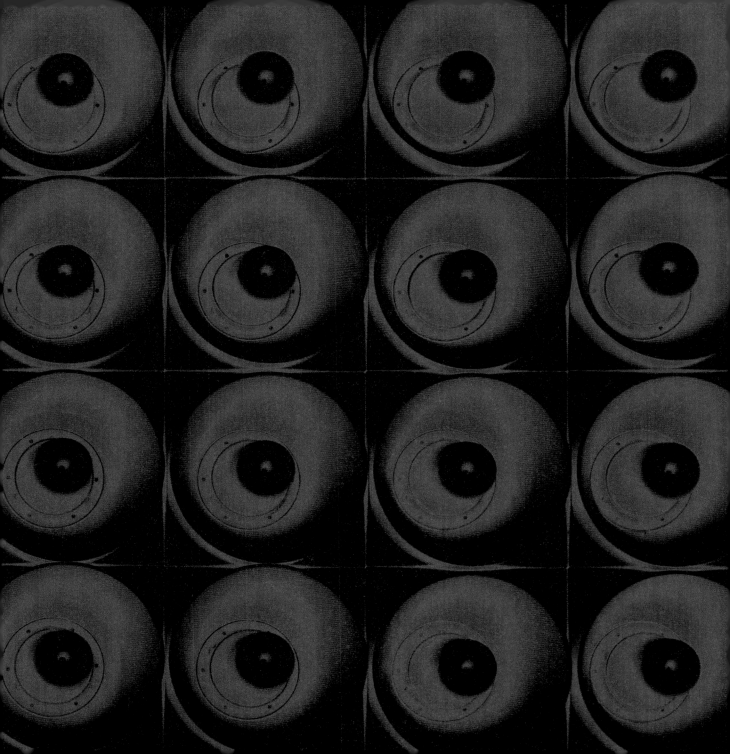

자 유

DMZ 박물관 *DMZ Museum*

군사분계선과 근접한 민통선 내에 위치해 있다.
한국전쟁이 일어난 전후의 모습부터
60여 년간 사람의 손길이 닿지 않은 자연 그대로의 생태환경까지,
전시물을 통해 DMZ가 갖는 의미를 들여다볼 수 있다.
오래전 전방지역에서 사용되었던 대형 전광타워와 확성기를
평화의 상징물로 전시하고 있다.
'대북심리전용 장비'라는 이상한 이름의 전시물이다.

부디 영원토록 다시 사용하는 일이 없기를.

타이거JK 형과 있으면 둘이 닮았다는 말을 많이 듣는다.
우리가 정말 닮았나? 그건 잘 모르겠다.

무대에만 서면 폭발할 듯 에너지를 뿜어내는 사람.
강해 보이는 그의 모습 뒤에서 찾아낸 외로움은 나에게도 익숙한 것이었다.
우리는 만날 때마다 서로에게서 같은 걸 발견하고 있다.

한때 음악이 전부라며 무대 위로 올라
하지만 지금은 달라 지금은 너무 많은 걸 알아버려
어떻게든 살아보려 안간힘을 쓴다
내가 할 줄 아는 건 내가 하는 이것밖에 없다
이것마저도 뺏겨버릴까 나는 떤다
언젠간 이것마저도 잊어버릴까 너무 겁나

Cuz when rains it pours but I would never give up
Gonna see the storm through and change my luck
It's just another day so I know it's ok

– 타이거JK 7집 〈SKY IS THE LIMIT〉의 '내가 싫다 (feat.T)' 중

"이 스피커에서 내 음악이 흘러나오면 어떨까요?
저 편에 있는 사람들이 내 음악에 동요되어 함께 춤을 추면서 손을 머리 위로!
우리 같이 노래 부를 수 있다면, 그렇게 된다면 정말 좋겠어요."

힙합을 사랑하는 이들로부터 '힙합대통령'이라 불린다.
대중이 좋아하는 음악을 타협해서 만들고 싶지 않다.
그저 그의 진심이 담긴 음악에 누군가 '걸려들기'를 꿈꾸는 힙합뮤지션,
'호랑이JK'이다.

서로가 듣기 원하지 않는 이야기를
일방적으로 보내는 건 슬픈 일이다.

통일전망대 *Unification Observatory*

전쟁 이후 사람이 한 번도 오가지 않은 바다 너머로 금강산 능선이 펼쳐져 있다.
전망대에서 금강산까지 최단 16km에서 최장 25km에 불과하기 때문에
금강산의 주요 봉우리들이 한눈에 들어온다.
날씨가 맑은 날이면 금강산의 최고봉인 비로봉을 볼 수 있다.
낙타 등 모양을 한 능선이며 속이 다 보이는 바닷물이 손만 뻗으면 닿을 듯 가까이 보이는 곳.

제 의지와 상관없이 60년간 혼자였다니, 기분이 묘하다.

힙합이 뭐예요?

힙합식으로 하는 인사가 있다던데.

자기만의 스타일?

그냥 이렇게 해요, 손을 덥석 잡으면서.
반갑게.

"여기는 군사지역입니다. 촬영하면 안 돼요.
　　　　　 망원경으로 보면 저기 땅굴까지 보인답니다."

열심히 설명을 듣던 형의 어깨 위로 잠자리 한 마리가 내려앉는다.
유심히 바라보던 그가 말했다.
　　　　　　　　　　 "쓰고 싶은 곡이 하나 생겼어. 제목은 '잠자리'야."

"You're talkin' to me?"
– 영화 《택시 드라이버》 (Taxi Driver, 1976)

"You're talkin' to me?" — 영화 〈택시 드라이버 (*Taxi Driver, 1976*)〉

60년. 긴 시간이다.
누구의 의지와 상관없이 생겨나 그저 묵묵하게 그 자리에 있다.
누가 어떤 말을 해도 흔들리지 않는 고집 센 사람처럼.

사람 손이 닿지 않은 깨끗한 곳이라서가 아니라
이런 공간이 있다는 것 자체로, 나는 그냥 좋았다.
전쟁의 아픔을 간직한 곳만 아니라면.

이 느낌을 말로 또렷하게 설명하기란
참 어렵다.

명파 해수욕장 *Myeongpa Beach*

민통선 바로 밑에 위치한 남한 최북단 마을, 명파리의 해수욕장이다.
동해의 맑은 물과 백사장을 낀 아름다운 마을이라 하여 명파리(明波里)라 불린다.
여름 피서철에만 한시적으로 열리는데, 해안을 따라 철책이 길게 늘어서 있고
군 초소가 있어 이곳이 최북단 군작전지역이라는 사실을 알게 해준다.

어느새 우리는 철조망이 어디에 있든 익숙하게 받아들이는 것 같다.

힙합 = 자유?

사람들은 힙합을 들으면 자유로움을 느끼나 봐요.
하지만 사실 힙합은 한 번도 자유로웠던 적이 없어요.
억압된 사람들이 부르는 '저항'의 노래였으니까.

나는 자유란 '조그만 쇠창살 바로 앞'이라고 생각해요.
작은 한 칸의 감옥, 그 창살 바로 앞이요. 그 앞에는 갇혔다가 풀려나온 사람도 있겠죠.
싸우는 거죠, 거길 안 들어가려고. 그렇게 지켜낸 자유니까 얼마나 소중할까요?

– 가수 타이거JK

누가 언제 가장 자유롭냐고 묻기에 침대에 누워 있을 때라고 대답했다.
피곤한 몸으로 침대에 누워 잠들기 바로 전이 나에겐 가장 행복한 순간이다.

그런데 역시 이렇게 일상에서 한 걸음만 옆으로 벗어나도 맘껏 자유로운 것 같다.
누구나 자기 생활에 익숙해지면 벗어나기를 두려워하지만 한 틀만 깨고 나가면 거기가 바로 자유.

자유란 '한 걸음'이다!

한 걸음
한　　　걸　음

"지섭 씨랑 얘기할 땐 억지로 어색함을 깨려는 대화가 없어서 좋아요.
난 언제든 편하게 이야기하고, 그는 내 얘기를 열심히 들어주고 관심을 보이죠.
우린 둘 다 한꺼번에 오픈하지 못하는 편인데
한결같이 어색한 것 같으면서 조금씩 틈을 보여주는 것 같아요.
어색한 건 어색한 대로 놔둬도 편한, 그런.

복잡한가요?"

– 가수 타이거JK

난 원래 진짜 갇혀 있는 사람이었어요. 전에는 사람들을 울리고 싶었어요. 화나게 만들고 싶었고 내 음악으로 '당신들이 뭔가 느끼도록 만들겠어' 하는 생각이 강했는데 지금은 사람을 기쁘게 하는 음악을 하고 싶어요. 언젠가는 그런 노래를 쓸 수 있겠지?

저도요. 요즘 배우들은 다 앞에 수식어가 많이 붙잖아요. 그런 것들 별로예요. 그냥 배우 소지섭, 인간 소지섭이면 좋겠어요. 끝까지 배우이고 싶어요. 우리 좀 비슷한 것 같지 않아요?

이제······
누군가와 편하게 걸었으면 좋겠다.

꿈

남춘천역 *Namchuncheon Station*

김유정역과 춘천역 사이에 놓인 역으로 경춘선 기차가 다닌다.
춘천역이 긴 공사에 들어가면서 폐쇄된 상태이기 때문에
당분간은 이 남춘천역이 '춘천 가는 기차'가 갈 수 있는 마지막 역이다.
조금은 허름하고 볼품없는 모습을 하고 있지만
여행의 낭만을 꿈꾸는 사람들에게 남춘천역은 아련한 추억이다.

아직 기차가 도착하지 않은 것 같다.
기다리게 하면 안 되는데.
약속 시간 안 지키는 걸 싫어하다 보니 걸음이 빨라진다.
마음이 먼저 급하다.

오늘 나는
새로운 친구를 남춘천역에서 만나기로 했다.

날이 밝아온다. 첫차가 도착할 시간이 다 되어간다.
누군가를 기다리는 일에 익숙한 나도 조금 들떠 있다. 자꾸만 시계를 보게 된다.

궁금한 게 참 많다. 요즘 대학생들은 어떤 가수를 좋아하는지,
학교는 재미있는지, 미팅에서 인기 있는 남자는 누구인지.

그나저나 이 친구를 만나면 뭐라고 불러야 좋을까?
다미 양? 다미 씨? 이건 아닌 것 같은데. 그냥 이름을 부를까?

아 참, 새 박사님이라고 불러야 할 것 같은데?

조금은 지쳐 있었나 봐
쫓기는 듯한 내 생활
아무 계획도 없이 무작정 몸을 부대어보며
힘들게 올라탄 기차는
:
:
:
그곳에 도착하게 되면 술 한잔 마시고 싶어
저녁 때 돌아오는 내 취한 모습도 좋겠네

춘천 가는 기차는 나를 데리고 가네

김현철의 '춘천 가는 기차' 중에서……

이걸로 멀리 있는 새도 자세히 볼 수 있는 거죠?

어릴 때부터 새가 좋아서
새를 찾아 이곳저곳을 다닌다는 스무 살 여자아이는
이렇게 장난감 같은 쌍안경을 목에 걸고 나타났다.

그런데, 요 조그만한 게 300만 원이나 한단다!
그 말을 듣고 나니 괜히 만지기도 조심스러워진다.

어색함을 감추려고 먼저 말을 건넨다.

남자친구 있어요?

아니요.

요즘 아이돌 스타 누구 좋아해요?

비스트요.

그렇구나……

머리만 긁적긁적. 내가 너무 아저씨 같은가?

철원 왜가리 서식지 | *Habitat of Herons in Cheorwon*

철원읍 민간인출입통제지역에 위치하며 왜가리와 백로의 집단 서식지로 알려져 있다.
왜가리는 못, 습지, 논, 개울, 강, 하구 등지의 물가에서 단독 또는 2~3마리씩 작은 무리를 지어 활동한다.
이곳은 전쟁 전에 철원군청이 있던 자리로 지금은 나무가 무성하게 자리 잡아 숲을 이루고 있으며,
지뢰가 있음을 알리는 팻말 너머로 나무마다 둥지를 짓고 올라가 있는 새하얀 왜가리의 모습을 한눈에 볼 수 있다.

이유는 모르겠지만 나는 새를 별로 좋아하지 않는다.
사실은 무섭다.
새가 날갯짓을 할 때나 부리로 먹이를 쪼아 먹는
모습을 보면 슬쩍 무섭다는 생각이 들곤 한다.
새를 무서워한다고 말하면
새 박사에게 놀림이라도 받을 줄 알았는데
의외의 대답이 돌아왔다.

"저도 때때로 새가 무서워요!"

정말 새 박사가 맞긴 한 거야?

도리어 내가 장난치며 놀리니까 당황해하며 멋쩍게 웃는다.
영락없는 스무 살 소녀인가 보다.

DMZ에서만 볼 수 있는 새가 있어요?

두루미요. 특히 재두루미랑 두루미가 같이 서식하는 곳은 여기, 철원밖에 없대요.
전 세계에서도 유일한 장소가 여기예요. 각자 서식하는 곳은 몇 군데 있거든요.
두루미와 재두루미가 같이 서식하는 걸 보고 외국인들도 많이 신기해한대요.
철원은 평야이기도 하고 물가가 많아서 새들이 지내기에는 참 좋은 곳이에요.

혹시 우리나라에는 없는데 북한에서 볼 수 있는 새도 있나?

크낙새요. 한반도에만 산다고 알려진 귀한 새인데 멸종되었다는 말이 많아요.
저도 본 적은 없는데, 왠지 북한에 가면 볼 수 있을 것 같아요.
거기에서라도 꼭 살아 있으면 좋겠다…….

철원 두루미관 *Museum of Red-Crowned Cranes in Cheorwon*

두루미와 철새를 주제로 한 사진이나 동물 박제를 볼 수 있는 전시관이다.
원래는 전망대로 사용하던 건물인데
지금은 민통선에서 발견되는 희귀조류나 두루미, 독수리 등과 고라니 같은 야생동물이 전시되어 있다.
자연사한 동물들을 그대로 박제해 전시하고 있어서 마치 살아 있는 듯하다.

두루미는 "두루루 두루루" 하고 울어서 두루미이고 평화와 장수의 상징이란다.
새 박사님이 옆에서 이렇게 동시 설명을 해주니까 더 재미있다.
가이드가 따로 필요 없을 정도이다.
호기심이 발동한다.

두루미는 보통 얼마 정도 살아요?

보통 30년? 아니, 70년인가? 기억이 잘 안 나요.

어라, 박사가 모르는 것도 있나?

토교저수지 *Togyo Reservoir*

철원군 동송읍 양지리에 있는 토교저수지는
주변 마을 농업지에 농업용수를 공급하기 위해 만든 인공저수지이다.
주변 경관이 빼어나고, 맑은 물에서는 각종 어류가 풍부하게 서식한다.
겨울이면 멸종 위기에 있는 두루미와 재두루미 등이 찾아오는 철새도래지이기도 하다.
주민들이 죽은 가축들을 던져놓으면 이를 먹기 위해 독수리 떼가 모여든다.
수십 만 마리의 쇠기러기가 일제히 하늘로 날아오르고
하얀 두루미가 자태를 뽐내며 날렵한 독수리들이 먹이를 향해 날아드는 모습은
다큐멘터리에서나 볼 법하다.

나에게는 소풍에 대한 기억이 없다.
학교 다니는 내내 운동을 했기 때문에
계절마다 선수들과 함께 떠나는 합숙훈련이 전부였다.

소풍 가는 기분이 이런 것일까.

시골 마을에서 태어나고 자라 새와 함께인 게 자연스러웠던 아이.
열 살 때 엄마가 도서관에서 가져다준 어떤 전단지를 보고 아이는 충격에 빠졌다.
파주 적성면 두지리에서 일어난 일로
농약 먹은 기러기를 먹은 독수리가 떼로 죽은 사례를 알리는 홍보물이었다.
형편없이 죽어 있는 독수리떼의 사진은 너무 끔찍했다.

이 일이 계기가 되어 초등학교 4학년의 꼬마는 새에 대한 책이라면
닥치는 대로 찾아보았고 궁금한 새가 생기면 직접 찾아나섰다.

들꿩을 보려고 눈 덮인 숲을 네 시간 넘게 헤매다가 발에 동상이 걸려 집에 돌아오기도 했다.

고등학교를 채 졸업하기도 전에 조류사진 전시회와 세미나를 열고 여러 논문을 발표했다.
30권이 넘는 관찰일지는 그녀의 보물이다.

우리나라 최연소 조류 연구가, 정다미는 이제 겨우 스무 살.
대학 새내기라 아직 해보고 싶은 것도, 보고 싶은 새도 너무 많단다.

조류생태학자가 되고 싶어요.
더 많이 배우고 공부할 거예요.
새들과 사람이 같이 살아가는 세상이 됐으면 좋겠어요.
사람들한테 많이 알리고 싶어요.
새들이 얼마나 예쁜지, 또 얼마나 아름답게 노래하는지를.

- 조류 연구학자 정다미

저기, 저곳이 겨울이면 독수리가 날아드는 곳이에요.

독수리는 크기가 얼마나 되는 거야?

독수리가 2m 조금 넘고요, 겨울에 여길 찾아오는 두루미는 독수리보다 조금 작아요.
대머리 독수리, 들어보셨죠? 원래는 그냥 독수리인데 머리가 없다고 대머리 독수리라고 불러요. 그렇게 부르면 안 되는데…….
대머리 독수리는 사냥을 못해요. 사람들이 돼지나 소를 던져놓으면 그걸 먹고 여기서 쉬다 가요.

아, 그래서 대머리 독수리구나. 공짜 좋아해서.

동물들 장기에는 지방이 많잖아요.
그런 걸 부리로 쪼아 먹다 보면 지방덩어리가 자꾸 머리에 묻어서 그 자리에는 털이 안 난대요. 그래서 대머리래요.

어? 한 마리 보인다.
아까 그 왜가리가 전봇대에 우아하게 서 있네.
사냥 나가려나 봐. 일어났어!

사람들은 만약 새가 되어 날 수 있다면 가고 싶은 곳이나 하고 싶은 일들을 상상한다.
하늘을 나는 게 꿈이라고 말하는 사람들도 있다. 하지만 나는 그런 상상이 너무 허황된 것 같아 생각해본 적이 없다.
관심이 없는 것은 신경도 안 쓰는 성격 탓일 거다.

배우로 이루고 싶은 꿈 말고 한 가지 더 있다면, 나는 호텔을 갖고 싶다.
어릴 때부터 그랬다. 호텔이 그냥 막연하게 좋았다. 입구에 들어갈 때부터의 설렘과 침대에 드러누웠을 때 밀려오는,
여행의 시작을 알리는 행복감 같은.

이유는 잘 모르겠지만 나는 그냥 호텔이 좋다.
나만의 멋진 호텔을 갖는 게 내 꿈이다.

그런데 혹시 이 소리도 새소리인가? 들려?

이건 풀벌레 소린데……

철원역 *Cheorwon Station*

전쟁 전에는 경원선과 금강산선이 다녔고
지금의 서울역과 대전역만큼이나 사람의 왕래가 많았으며
그 규모가 웅장했다고 한다.
한국전쟁으로 인해 열차 운행이 중단되었으며,
현재는 폐허 및 잔해만이 남아 있다.
풀이 우거진 논밭을 주변으로 과거 철원이 매우 흥했던 곳임을
알리는 팻말과 역 터, 그리고 철길이 남아 이곳이 철원역이었다는 사실을
간신히 알 수 있다.

어느 날 모든 게 다 사라져버린, 죽은 도시에 와 있는 기분이 든다.
카메라에 이 정적을 담는다.
셔터 소리가 이상하게 크게 들린다.

철원에서 만난 사람들은 다른 도시의 사람들과 달랐다.
자기네 고장을 방문한 사람들이 마냥 좋고 반가운지,
뭐든 가르쳐주고 하나라도 더 주고 싶어 한다.
참 소박한 사람들.
외로운 사람들.

"그래도 전쟁 전에는 여기가 서울 못지않게 큰 도시였어."
크게 부흥했던 시절의 자부심을 가지고 과거를 꿈꾸며 산다.

누군가를 만나고 싶은 마음,
무언가를 기다리는 마음 모두 사람이 그립기 때문이다.

서울에서 금강산으로
수학여행을 떠나던 학생들은
당시 이를테면 부잣집 자제들이었다고 하던데.
철원역에 내려 도시락을 먹고 쉬다가 사진 한 장.

모두들 어디로 갔을까.

호반새를 좋아한다고 그랬지?
부리부터 발끝까지 다 붉은색에 눈도 크고 예뻐서 좋다고 했잖아.
다미가 좋아하는 호반새처럼 화려하고 멋지게 살아.
지금 할 수 있는 것들을 놓치지 말고 다 즐기면서.
남자친구도 만들고 놀기도 많이 놀고, 또 사고도 치면서.

겉만 화려하고 속은 빈 게 아니라
그 안까지 꽉 찬, 그런 사람으로.

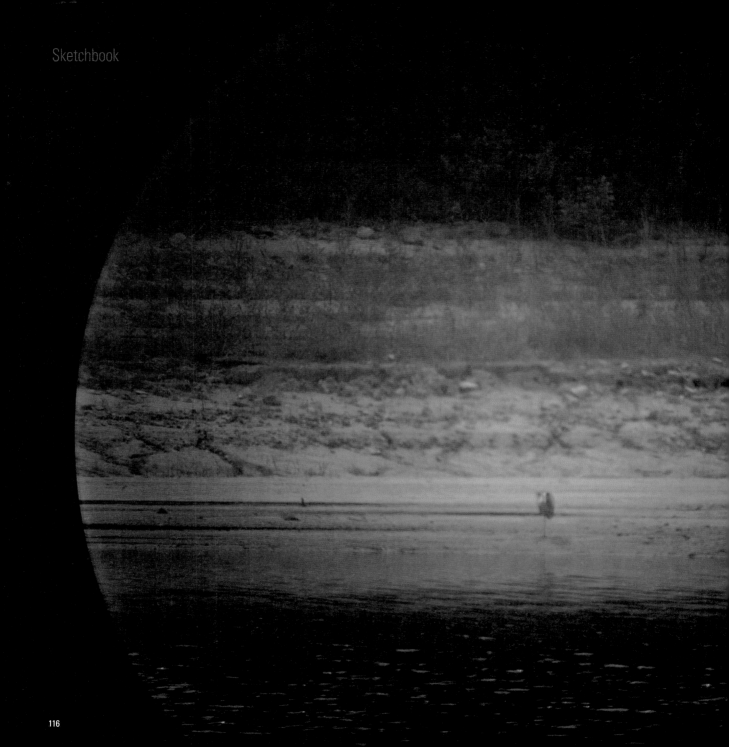

자유롭게 날아야 할 새가 잠시 뷰파인더 안에 갇혔다.

"새야, 마음껏 날아!"

상처 그리고 치유

월정리역 *Woljeong-Ri Station*

강원도 철원군 철원읍에 있는 간이역.
현재 폐역 상태이다.
남측에서 갈 수 있는 최북단 역으로,
서울에서 원산을 잇는 경원선이 달리지 못하고 끝내 서버린 곳이다.
병든 아비를 웅덩이에 고인 물로 살리고 죽었다는
한 소녀의 슬픈 전설이 전해진다.
그 이야기에서 유래하여 달빛이 비춘 물자리,
'월정(月井)'이라고 불린다.

기차를 기다렸다.

내가 첫 번째 손님인 걸까. 역에는 아무도 없었다.
이따금 군인들이 나를 힐끗거리며 지나간다.
아이가 가지고 놀다 놓고 간 장난감 집처럼, 작은 역은 우두커니 선 채 자리를 지키고 있었다.

오지 않을 기차를 기다리며 앉아 있다.

포도농사를 짓는 사진작가?
까맣게 얼굴이 그을린 그를 만났다.

이응종 선생님은 사진작가가 아니라 오랜만에 만난 작은삼촌 같은 느낌이었다.
요즘 포도농사의 재미에 푹 빠졌다고, 포도 좋아하냐 물으신다.

껍질까지 다 삼키는걸요!

농약을 여간 치는 것이 아니니 박박 잘 씻어 먹으란다.
추수하거든 몇 상자 보내주겠다고 약속하시기에, 냉큼 고맙다고 웃었다.

복잡한 카메라 장비 대신 날이 더워 벗은 셔츠를 대강 어깨에 걸친 선생님이
주변이 너무 조용하다고, 무슨 일이 벌어지는 것 아니냐며 농담을 던지신다.

배우라는 직업, 힘들지 않아요?
겉으로 보이는 것만큼 화려하진 않죠.
이렇게 한가롭게 걸어보는 것, 정말 오랜만이지 않아요?
그러게요…… 너무 바빴어요.
마음껏 쉬어본 적이 언제인지 기억나지 않을 만큼.
그럼 아무 생각 말고 좀 걸어요.

문득, 배우라는 직업은 백조 같다는 생각이 든다.
수면 위의 아름다운 모습을 위해 끊임없이 발을 젓는 백조.
내가 TV에 보이지 않으면 사람들은 쉰다고 생각한다.
잠깐의 화려한 모습을 보이기 위해
얼마나 많은 시간을 준비하는지,
얼마나 많은 이들의 노력이 있는지,
사람들은 잘 모르는 것 같다.

아, 걷자고 하셨지. 아무 생각하지 말고……

사진작가 이웅종

나는 거리의 사진사다. 유랑극단처럼 이곳저곳을 여행한다. 길 위에서, 셔터를 누르든가 아니면 포기하였다.
그게 내 일이었고 현재도 그렇다.
조선일보 사진부 기자를 거쳐 지금은 사진 작업과 대학 강의를 병행하고 있다.
이번 여름에 충청도 성환에서 포도농사를 시작했다. 열매, 결실이란 단어가 사무치게 그리웠기 때문이리라.

사진이란 블랙코미디 같다. 혼자 슬며시 드는 생각이다.
깊은 인내심을 가지고 파인더를 들여다본 적 있는 사람은 알 것이다. 삶의 순간들이 얼마나 하찮게 부서지는가를.

나는 마술사가 되고 싶다. 흙장난을 하며 두꺼비를 부를 때처럼 내 눈앞의 세상에 주문을 건다.
요란한 셔터 소리가 주문이 되어 나오자 속이 깊고 챙이 좁은 모자 안에서 하얀 비둘기가 날아오른다. 비둘기의 날갯짓은 나의 몸부림이다.

여기, 인류에게 사과가 있다.
그 첫 번째가 아담과 이브의 사과, 두 번째는 뉴턴의 사과, 세 번째가 세잔의 사과이다.
그리고 이응종의 〈네 번째 사과〉가 있다.

나의 사과는 위로다

과수원 길을 걷다가 땅에 떨어진 빨갛고 탐스런 사과 하나를 주웠다.
반대편은 썩어 있었다. 머리를 얻어맞은 듯 한참 동안 썩은 사과를 들여다봤다.
거기서 나의 모습을 보았다. 붉고 탱탱한 내 욕망 뒤에 숨어 나도 모르게 세력을 확장해가는 상처.
그러나 〈네 번째 사과〉는 치유에 관한 이야기이다.
그 환한 상처를 가만히 쓰다듬으며 다 괜찮다고 위로하고 싶었다.
그렇게 나와 당신, 우리의 상처와 화해하고 싶었다.

고민 대행

모든 아티스트들은 고민 대행업 종사자들이다.
상처니 아픔이니 하는 것들을 두고 머리 쥐어짜며 고민하는 것 자체가 미친 짓이지.
명동을 지나가는데 '예술이 배고픔을 해결해줄 수는 없어도 배고픔을 잊게 해줄 수는 있다'고
적혀 있더라. 정답이다. 나의 배고픔도 해결하지 못하는 내가 그 누구의 무엇을 해결한단 말인가.

다만, 사진으로 변주된 나의 고민을 그들이 함께 들어주고 공감할 때,
우리는 잠시나마 배가 부르다는 착각에 빠질 수 있는 것 아닐까.

— 사진작가 이응종

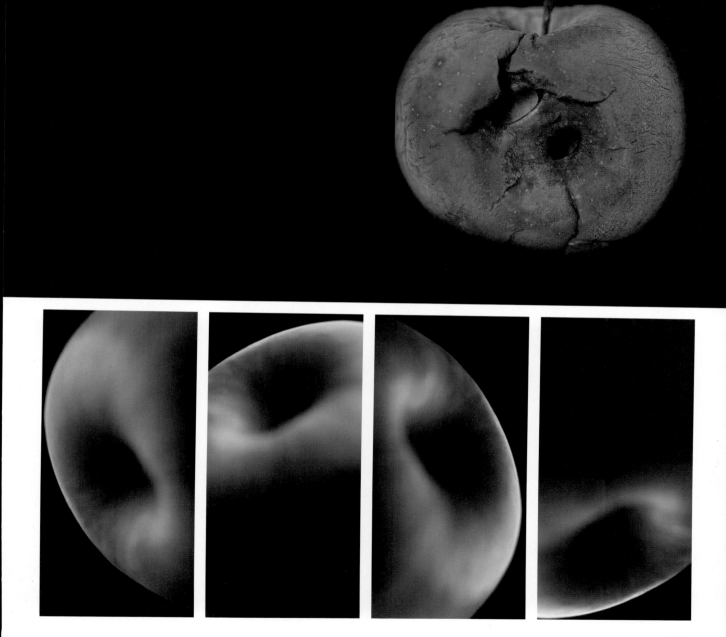

노동당사 *Labor Party Headquarters*

광복 후 북한 땅이었을 때 지어진
옛 조선노동당 철원군 당사 건물이다.
강원도 철원군 철원읍 관전리에 남은 러시아식 건물로
한국전쟁 전까지 공산치하 반공활동을 하던 많은 이들이
고문과 학살을 당한 현장이기도 하다.

여기저기 움푹 파이고 까맣게 그을린 외벽에 귀를 대면
이유도 모른 채 서로에게 총을 겨누며 죽어간 이들의
울부짖음과 사나운 총탄 소리가 들릴 것 같다.

이런 정적은 아무 일도 벌어지지 않은 죽은 시간이지. 사진처럼.

그러면 선생님은 사진 속에 죽은 시간을 담는 건가요?

사진 속의 모든 것들이, 죽어버린 시간을 붙잡고 있잖아.
셔터를 누르는 순간 모든 것은 정적과 멈춘 시간 속에 머물게 되니까.

내가 사랑하는 사람들은 내가 찍은 사진 속에서 행복하게 웃고 있다.
내 마음대로 멈춰둔 시간, 그게 내게는 사진인데 시간이 죽었다니.
참 이상한 말씀을 하신다.

계단에 서서 거의 골조만 남은 노동당사 건물을 둘러봤다.
러시아식 공법으로 만들어 철근 없이 콘크리트로만 지어진 건물은 무너질 듯 위태롭게 서 있다.
누군가 맞추다 만 퍼즐, 혹은 다 맞추고 부순 퍼즐처럼.

죽은 시간⋯⋯.

총탄이 박혔던 흔적들을 본다.
그렇게 많은 사람들이 고문으로, 또 전쟁으로 죽어간 곳이다.
벽면에 손을 대면 그들의 소리가 들릴 것만 같다.

상처와는 상관없다는 듯, 벽과 바닥을 뚫고 나온 풀들이 보인다.
이름 모를 생명들이 자라고 있다.

완벽한 피사체

한 청년을 만났다. 흠잡을 데 없는 마스크와 체격 조건을 가진 배우, 소지섭. 그래서, 너무 완벽한 게 재미없어서 시시할 정도다.

신문사를 다닐 때 그처럼 완벽한 피사체와 작업한 적이 있다.
문화면에 실릴 장동건을 영화배우 장동건이 아닌, 동네 청년처럼 찍으라는 지시를 받았다.
말도 안 된다고 투덜댔다. 대중이 기억하는 완벽한 배우 장동건은 어떻게 찍어도 결국 완벽하고 말 텐데.
그것은 누구도 원하지 않는 이미지일 것이다.

누가 찍어도 무난하고 완전한 피사체는 좋은 피사체인가?
나는 그런 피사체야말로 매력적이지 않다고 말한다. 그러나 또 반대로, 그렇기 때문에 시도하고 싶은 작업이 떠오르기도 한다.

문득 청년 소지섭의 도회적이고 모던한 이미지 너머에 숨은 무엇이 궁금했다. 그에게서 광기와 원초적인 감정에 사로잡히는
'인간'을 발견하고 싶다는 작가의 욕심이 발동한 것이다. 그것은 소지섭이라는 배우의 성장, 또 그 가능성에 대한 기대이기도
하다.

– 사진작가 이응종

승일교 *Seungil Bridge*

공산치하에 있던 시절 북쪽에서 절반, 남쪽에서 절반,
그렇게 남북 합작으로 만들어진 다리다.
건축양식 또한 꼭 절반씩 다르다.
한국판 '콰이강의 다리'라 불리며, 한탄강 중류지점에 놓여
강원도 철원군 동송읍과 갈말읍 사이를 잇는다.
다리 이름은 한국전쟁 당시 북진하다가 전사한 것으로 알려진
박승일(朴昇日) 대령을 기리기 위해 지었다는 설이 지배적이지만,
이승만의 '승'과 김정일의 '일'을 따서 '승일교'라 지었다는 설도 있다.

삶은 선택의 연속이다.

이 선을 밟을까? 그냥 넘어갈까? 아님 다시 돌아갈까?

청춘 · 열정

감성마을 *Gamsung Village*

강원도 화천군 다목리에 있다. 꾸불꾸불하고 좁은 길을 따라 올라가면 작은 마을이 나온다.
처음에는 문인들이 와 글을 쓰거나 쉬다 가는 공간으로 만들어
지역경기에 도움이 되고자 조성한 마을이었다.
지금은 누구나 찾아와 이 마을의 촌장님이자 소설가인 이외수 선생님과
따뜻한 이야기를 나눌 수 있다.
감성을 충전하기 위해 365일 쉬지 않고 사람들이 드나드는 곳.
아담한 건축물들이 맑은 자연과 어우러져 소박하면서도 아름다운 경관을 연출한다.

마을 초입의 산책길을 걸으며 두리번거린다.
감성마을로 오르는 길.
이외수 선생님을 만나러 가는 길이다.

아, 여기 좋다!

시석림 詩石林

이곳에는 이외수 선생님의 시가 적힌 시비(詩碑)들이 길을 따라 서 있다.
글을 쓴다는 것은 외로운 일일 것 같다.
　　　　　　　모든 예술이 그렇겠지만.

아무리 생각해도 내 젊음은 아름답지 않았어   – 이외수 시 〈시간퇴행(時間退行)〉 중

선생님은 오래전부터 알고 지낸 친구를 다시 만나기라도 한 듯, 다짜고짜 나를 끌어안으셨다.

"소간지가 나를 만나러 여기까지 찾아왔는데 어떻게 안 반갑겠어?"

몽요담(夢謠潭)에는 철갑상어가 산다

저기 한 놈 지나간다.

우리 연못에 철갑상어가 산다고 하면 사람들이 다 안 믿어.
다들 철갑상어는 바다에만 산다고 생각하는 거야.
그래서 나는 "진짜 우리 집 연못에 있다, 믿거나 말거나." 하고 말지.

철갑상어는 회유어야. 예전에는 한강에서도 살았지.
인천 앞바다에서 한강으로 산란하러 올라오고 그랬어.

그러고 보면 지섭 군에게는 철갑상어 같은 면이 있는 것 같아.
바다에 살 것 같지만 민물에서 살고 있는 철갑상어처럼 강한 자생력을 가진 것 같거든.
쉽게 상처받지 않는, 그런 잘 무장된 정신력도.

온실에서만 자란 것 같지는 않다는 말인데, 한마디로 잡초지, 뭐.
화분에서 자란 기질의 식물은 아니야.
마음은 여리고 섬세하다 하더라도 강인한 사람인 것 같아.

철갑상어 등에는 칼도 안 들어간다고 하더라고.

좋은 얘기죠, 선생님?
찔러도 피 한 방울 안 나온다, 그런 말씀 아니죠?

그거하고는 다르지.
찔러서 피 한 방울 안 나오는 것과 칼로 내리쳐도
비늘 하나 안 떨어지는 것은 차이가 있는 거야, 이 친구야.

나는 거지였다 '청년 이외수'

문자 그대로 거지였지, 뭐. 그 이상도 이하도 아니야. 춘천에서 70년대 초에 음악다방 DJ를 했어. 주인이 참 잘해줬는데, 군대를 다녀와서 다시 DJ일을 시작했거든. 그런데 이게 영 사나이가 할 짓이 아닌 것 같다는 생각이 들었어. DJ 박스 안에서 음반 소개나 하면서 "18번 테이블 손님, 전화 와 있습니다." 이런 일이나 하고 있었으니까. 다방을 그만두고 그때부터 노숙이 시작됐지. 역 대합실에서 자거나 공장에서 박스 쌓아놓고 자기도 하고. 매일 이 닦고 씻는 것 그 자체가 사치였고 눈 뜨면 오늘은 어디서 먹이를 구하나 하는 문제가 제일 관건이었지.

노숙자들에게는 겨울이 제일 견디기 힘들어. 겨울이 되면 제일 좋은 게 파출소 난로. 더 좋은 거는 재판 받아서 구류 처분 받고 감옥에 들어가는 거야. 호적에 빨간 줄 갈 정도가 아니고 구류로 한 8일 정도 받으면 최고지. 문 닫힌 가게에 돌 던져서 동네 가게 좀 부수고, 통금이 있던 그 시절 밤에 고래고래 소리 지르면서 다녔어. 늘 붙들려갔으면 하던 시절이었으니까. 너무 추운 날엔 방범대원들도 밖에 나오질 않으니 나를 잡아가는 사람이 없더라고.

4년에서 5년을 그렇게 살았어. 삶 자체에 대해 더 이상 아무런 의욕이 생기지 않는 때가 왔지. 눈만 뜨면 아직도 안 죽었나, 하는 생각을 했지. 이러다 죽지, 이러다 죽지, 죽음이 항상 목전에서 아른거렸어.

그러다가 장미촌에 흘러 들어갔어. 거기는 따뜻해 보였거든. 연탄불을 쬐면서 호객행위를 하는 여자들도 처음에는 경계하다가 나중에는 나와 친해져서 일 나갈 때에는 자기 방을 내줬어. 그 방에서 웅크리고 앉아 처절하게 글을 썼어. 그렇게 나온 소설이 『꿈꾸는 식물』이야.

빈곤 이외에는 떠올릴 게 없네. 젊었을 때 내 이야기는 무조건 굶주림이야.

어떤 드러머 이야기

십 년 전이었는데,
속초에서 술을 먹다가 재미도 없고 술맛도 없어서 혼자 나와 바닷가를 걷고 있었어.
그런데 한 놈이 헐레벌떡 나한테 뛰어오더니,

"혹시, 저하고 30분만 이야기 나눠주실 수 있나요?" 하는 거야.
무슨 사연이 있나 보다, 하고 다방에 들어갔어. 무슨 말이 나올까 궁금했지.

이 친구 말이 자기는 드럼으로 성공하고 싶대. 그런데 속초에는 드럼도, 드럼학원도 없어서 절망스럽다는 거야.
얼마나 간절했으면 길 가는 사람을 붙잡고 자기 얘기를 30분만 들어달라고 하고는 드럼 얘기를 하겠어.

너 내가 누군지 아냐, 하니까 모르겠대. 내가 뭐 하는 사람 같으냐, 하니 시인 같다고 해서 얼추 맞았다, 했어. 그리고 얘기해줬지.

매일 매일 바다에 나가서 바다의 등짝을 두드려라!

그 친구가 나중에 군대에 가서도 드럼이 정말 치고 싶어서 탈영까지 했다고 하더라고.
그게 지금 윤도현밴드(YB)의 드러머 김진원이야. 윤도현이 춘천에서 공연한다고 해서 보러 갔더니,

아, 이 친구가 정말 바다를 두드리고 있는 거야!

선생님 만나면 꼭 묻고 싶은 게 있었어요. 소설가이시잖아요. 글을 왜 쓰세요?

원래 배고픈 사람이 밥을 먹잖아.
육신의 배가 고프면 일단 밥을 먹는데, 영혼이 좀 허기지면 그 정신이 배가 고파서 글을 쓰거든.
처음에야 거지처럼 살 때 배가 너무 고파서 쓰기 시작했고.

저도요. 연기를 하게 된 게 사실 배고픔을 이기려고 시작했어요.
지금이야 정말 연기에 욕심이 나지만요. 선생님은 지금 어떠세요?

지금도 마찬가지인 것 같아. 허기져. 트위터에서 내 팔로워가 25만 명이야. 그런데 더 외롭거든.
따르는 사람이 그렇게 많은데 왜 외롭냐고들 해. 사실 25만 속에서의 외로움과 250명 사이에서의 외로움,
그리고 25만 명 속에서의 외로움을 비교하자면 숫자가 커질수록 더 크게 외로워.
대중한테 사랑받는 연예인들도 그 세계를 완벽하게 이해해주는 팬들을 만날 수는 없을 거라고.
정작 자기가 좋아하는 배우의 영혼이나 세계를 이해하는 팬이란 거의 없어.
사람들 관심 가운데에 있을수록 외로운 거야. 그러니까 써야지.

뼈아프게 공감했다.

모두 내보여주는 것 같지만, 사실은 자기 자신을 외롭게 가두는 운명들에 대해 생각했다.

선생님은 당신의 의견을 인터넷에다 거침없이 적는다.
하지만 배우나 연예인들은 선생님과 다르게, 될 수 있으면 오해 사는 행동을 않으려 노력한다.
그래서 선생님의 그런 용기가 대단해 보였다. 우리는 스스로 틀을 만들어 거기에 갇혀서 살게 된다.
처음에는 남들이 만들어준 시스템에서 움직이고 조금 지나면 자기 스스로를 가둔다. 다시 태어나서 다시 이 일을 한다면,
지금의 내 모습대로는 하지 않겠다고 생각하기도 했다.

때로는 사람들에게 오해를 사도 늘 당당하지만, 그렇기 때문에 더 많이 외로운 당신 마음을 나는 알 것 같았다. 정말, 이해가 됐다.

누구보다 외로움을 알기에 사람들을 사랑하는,
도인처럼 보이는 사람.

선생님은 보통 글쟁이가 아니라 외로움도 다 받아들인, 진짜 글 장인이다.

소지섭을 보면
불의에 예민하게 반항하는
'힘'이 느껴져.

변화무쌍할 것 같으면서 원칙적이고, 그런 여러 가지 의외성을 가진 배우 같아.
속박을 굉장히 싫어하는 느낌이 들어. 그건 자유라는 것과 직결되어 있는 거지.
이 사회는 그런 면을 현실적으로 용납을 못해.
사회란 어쨌든 개성 없이 두부나 국화빵을 만들어야 하거든. 같은 종류의 소모품을 만드는 데 급급해 있지.
그런 면에서 볼 때 자네는 이 사회가 못 가진 것을 가지고 있는 거야. 그런 순수함이 있다고.

— 소설가 이외수

우리 집에서 키우는 진돗개 녀석이 마을에 내려가서
닭을 20마리나 물어 죽이는 일이 있었어.
아내가 병원에 있을 때였지.
전화를 걸었어.
아내에게 이 일을 어찌해야 하냐며 자초지종을 말해줬지.

그러자 우리 싸모님 왈,

"개가 닭을 물지, 닭이 개 무는 거 봤수?
닭이 개 물어 죽였다면 모를까 개가 닭 물어 죽인 건 사건도 아니우.
닭 값 물어주고 개 묶어두세요."

그는 소설을 쓰기 전까지 화가 지망생이었다.
가난해서 늘 제일 싸구려 종이에 그림을 그렸다.
누가 비싼 도구를 주면 어색해서 그림을 그릴 수 없었다.
그래서 지금도 학생들이 습작용으로 사용하는 목탄이나 나무젓가락 같은 도구로 그림을 그리는 게 편하다고 말한다.

나는 소설가이다

가난과 굶주림에 허덕이며 방황하던 당시의 '청년 이외수'를 다시 세운 것은 '무작정 쓰는 힘'이었다.
개성 강한 문체와 독특한 정신세계로 '소설가 이외수'를 넘어 '기인', '외계인과 통신하는 사람'과 같은 이름으로 불리기도 한다.
트위터로 수많은 추종자를 거느리며 이 시대의 청춘들에게 소통과 열정에 대해 메시지를 전한다.

소설이나 산문집 등을 활발하게 집필함은 물론, 명상을 끝낸 다음 숨 쉴 틈도 안 주고 한 번에 그리는 그림으로 여러 번의 초대전을 열었다.
또한 라디오 진행이나 시트콤 출연, 감성마을 촌장이자 산천어 축제 홍보대사를 맡고 있는 등 다양한 활동을 하고 있다.

가게로 치자면, '전문점'은 아니라고 스스로를 말하는 이외수 선생. 백화점 정도는 된다고 심드렁하게 말한다.
자신의 활동을 외도라고 규정하는 사람들에게, 칼국숫집에서 수제비를 내놓으면 외도하는 것이냐고 도리어 질문을 던진다.
어떤 지조를 지켜야 하는 것처럼 한 가지만 고집할 필요는 없다는 얘기이다.
능력이 있다면, 하고 싶다면 모두 해볼 수 있는 것 아니겠냐는 그의 화두는 지금을 사는 젊은이들에게 의미하는 바가 크다.

그래도 그가 내세울 수 있는 것은 역시 소설이라고 말한다.
평생 해왔던 일이고 생애를 걸었으며 목숨하고 바꿔도 아깝지 않다고 생각하는 것이 그에게는 결국 소설인 것이다.

다만, 도전하는 삶은 늘 신선하다.
무언가에 도전할 때 더욱 소중한 것이 무엇인지 찾을 수 있다고 '소설가 이외수'는 말한다.

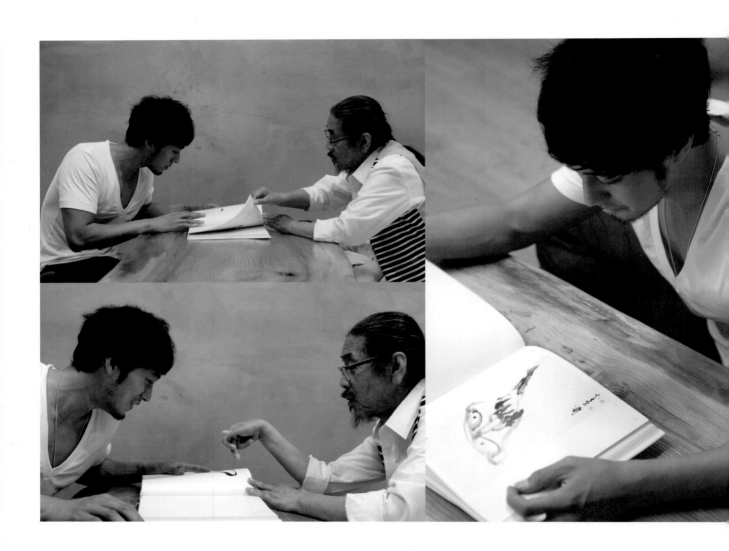

이외수 선생님은 내가 잡초라서 좋다고 하셨다.
외로움도, 힘듦도, 아픔을 이겨내는 것이 뭔지도 모르는
온실 속 화초 같은 사람은 왠지 말을 섞기가 힘들다고.
아무런 준비도 없이, 무작정 찾아온 나를 앞에 두고
'절친'이라 말씀하시는 선생님은, 우린 '잡초'라서 잘 통한단다.

어쩐지 '잡초'라는 말이 내게 어울리는 것 같다.

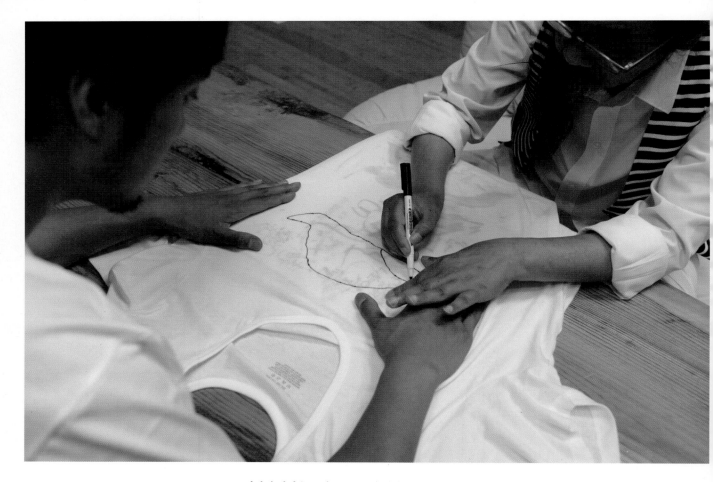

이렇게 귀여운 고래는 못 본 것 같아요. 그림에 제 이름이 없네요, 선생님?
써주세요.

이 티셔츠를 어떻게 하지. 아까워서 빨지도 못하고…….
자식들한테 대대로 물려주게 액자에 잘 보관해둬야겠어요.

필요한 거 있으면 전화도 하고, 여행하다 막히는 곳 있으면 얘기하고, 자주 놀러 오고 그래.

선생님은 나를 '절친'이라고 말씀하셨다.

이 사진은 그러니까, 절친 인증샷이다.

마음에서 마음으로

세대를 넘어 다양한 사람들과 소통을 하는 선생님을 보면 부럽기도 하다.
한 번, 내 틀을 깨부수고 선생님처럼 나 자신을 오픈하려고 시도한 적도 있는데
주변 사람들이나 팬들은 그런 나를 오히려 어색하게 받아들였다.

주로 이야기를 듣는 데에 재능이 있는 나는 내 얘기를 하기보다 듣는 쪽을 더 많이 선택하게 된다.
그래서 친구들은 나를 만나면 속에 있는 말을 다 하곤 했다.
하지만 정작 난 말수가 적어, 많은 사람들이 그런 날 답답해하고 힘들어했다.
때로는 오해를 사거나 비난을 받기도 했다.

지금의 나는 자연스럽게, 조금씩 변해가고 있다.
방법을 터득하고 있는 것이다.

마음에서 마음으로 서두르지 않고 천천히 흘러가기를.

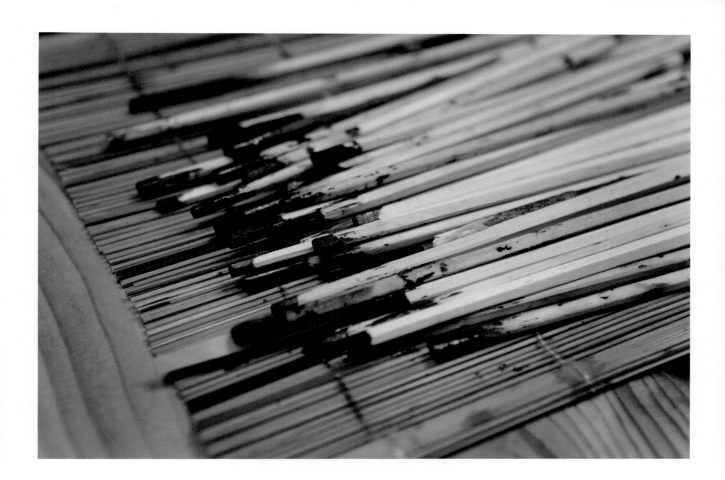

수염 난 어린아이의 모습을 한 예술가를 만났다.
난 어떤 모습으로 나이 들어갈까…….

dnsicnddil ddil

So Ji-sub.

DMZ, 두타연.

잊혀져 가는 것, 남기고 싶은 것,

아름다운 라연.

울안개, 구름, 숲,

풀내음, 꽃들...

– 두식앤띨띨

기억, 남기고 싶은 것

떨떨이와   두식이 +

지섭이 =

떨떨이와 두식이, 그리고 지섭이 이야기

두타연 *Duta Pond*

민간인통제구역 안에 있다. 금강산 가는 길목에 있는데,
지난 50여 년간 출입이 통제되다가 자연생태관광코스가 개발되면서
제한적으로 출입할 수 있게 되었다.
자연 그대로 상태가 잘 보존되어 산세가 수려하고
바위들이 병풍을 두른 듯 위엄 있게 서 있다.
암벽에 있는 작은 굴에는 누군가 살지 않을까 하는 상상을 불러일으킨다.

우리는 지금 한반도의 동서남북 모든 생태계의 교차지점, 두타연에 서 있다.

비 오는 날은 이상하게 기분이 좋다. 그냥 그 느낌이 좋다.
빗소리며 비 냄새 같은 것들…….
지금보다 어릴 땐 비만 오면 소주 한잔 마시러 나가곤 했다.
포장마차 지붕 위에 떨어지는 빗방울 소리를 듣고 있으면 더 외로워지기도 했다.

무작정 누군가를, 참 많이도 기다렸다.
울면서 엄마를 기다리던 기억,
짝사랑하던 여자아이가 언제 올지 몰라 지하철에서, 또 그애 집 앞에서
온종일 서성이던 기억.

요즘은 5분만 늦어도 전화를 할 수 있는 세상이 되었으니.
그래도 난 아직 기다리는 건 잘한다.

오늘 만날 사람들은 어떤 친구들일까?

두식이와 떨떨이가 온다.

이렇게 아름다운 길에 온통 지뢰.
멈추어 서서 잠시 주변을 두리번두리번.

총총총.

아무 말도 없이 걷는데 마냥 재미있다.
한 번씩 뒤를 돌아보면 서로 얼굴만 말똥말똥.

지섭이 │ 하고 싶은 일을 하고 살다 보면 현실과 타협할 일도 생기지 않아요?

떨떨이 │ 타협해야 할 때, 점점 많아지고 있죠. 하고 싶지 않은 일을 생계를 위해서 해야 할 때도 있고요.
그런데요. 타협은 제가 하고 두식이는 하고 싶은 일만 하게 해주려고요.
두식이가 갖고 있는 꿈을 지켜주고 싶어요. 그래서 타협 같은 건 제가 다 하려고요.

두식앤떨떨 *dusicnddilddil*

이고은과 이정헌이 만나 두식앤떨떨이 되었다. 2003년부터 일러스트레이션을 바탕으로 그래픽 디자인, 편집디자인, 사진, 영상, 애니메이션, 인테리어 등 미술에 관련된 다양한 분야에서 활동을 하고 있다. 회화나 사진 전시활동도 구준히 기획하며 여러 시도를 하고 있다.

무작정 돌아다니다가 발견되는 아름다운 것들, 우연적인 것들이 좋다.
사람이 만들어놓은 환경에 동물들이 있으면 안쓰러운 마음이 든다.
떨떨이는 무시하고 두식이만 편애하는 강아지 스티치와 함께 살고 있다.

아무도 방해하지 않는 그들만의 성(城)을 짓는 것이 두식앤떨떨의 꿈이다.
그 안에서 둘이 작업을 하고 밥도 지어 먹고 나무도 키우고 싶다.
처음에 가졌던 마음들과 가치관, 신념을 지키며 그 안에서 꿈꾸고 사랑하고 싶다.

www.dusicnddilddil.com

두식이　우리는 둘 다 부족한 점이 많지만 같이 있으면 내 부족한 점을 떨떨이가 채워주고 또 떨떨이의 부족한 점은 내가 채워줄 수 있어서 좋아요. 혼자서는 겁나고 무서워도 둘이 함께하면 무엇이든 잘할 수 있을 것 같다는 생각이 들거든요. 그동안 여러 가지 작업을 할 수 있었던 것도 둘이라서 가능했죠.

떨떨이　저는 결정을 잘 못 내리고 많이 망설이는 편인데 두식이는 딱 결정하고 척척 진행하는 걸 잘해요. 추진력이 너무 강하다 보니 가끔 제가 수습할 게 많아지기도 하지만 그래도 두식이 말 들어서 시작한 것들은 다 잘됐어요. 대부분 두식만 찍는데 다른 누군가를 찍는 건 정말 오랜만이에요.

지섭이　두식 씨랑 떨떨 씨 같은 사람을 만나다니 정말 신기해요. 자유로운 영혼, 혹은 4차원, 그냥 그런 말로는 다 표현이 안 돼요. 두식앤떨떨처럼 살 수도 있구나, 하는 생각이 들어요. 하고 싶은 일과 해야 하는 일을 다르게 생각하면서 사는 사람들이 많은데 하고 싶은 것만 하면서, 그것도 평생 함께할 수 있는 사람과 같이 그림을 그릴 수 있다는 건…… 부럽네요.

기억하고 싶은 날.

이곳 두타연에는 일급수에서만 산다는 열목어를 볼 수 있다.
맑은 날에는 천연기념물인 산양도 쉽게 볼 수 있다는데, 비가 와서인지 오늘은 보이질 않는다.

강물을 따라 헤엄치고 숲을 따라 걷는 모든 곳이 다 야생동물의 집이다.
자연 속에 경계란 것은 애초에 두지 않고 살아가는 동물들.
물고기나 산양 같은 동물들에게는 여기까지가 내 땅, 저기부터는 너희 땅, 이런 개념도 없을 테니까.

이렇게 아름다운 곳도 하나씩 개방이 되어갈 텐데,
많은 사람들이 와서 쉬는 것은 좋지만 그만큼 하나씩 조금씩 변해갈까 봐 슬쩍 걱정이 된다.

"지금 어디 보고 있어? 나도 좀 봐줘!"

안개가 자욱한데 안경까지 쓴 듯 온 세상이 뿌옇다.
어떻게 보라는 거야.

"두타연 오르는 길에서 꿩 가족을 봤어요.
도로변에 꿩 한 마리가 나올락 말락 고개를 내밀고 있기에 피해 가면 되겠구나 싶었거든요.
다시 보니까 꿩 뒤로 새끼들이 일곱 마리 정도가 있는 거예요.
어미가 언제 건너면 좋겠다, 하고 먼저 나와 슬쩍 본 것 같아요."

두식앤딸딸이 보았다는 꿩 가족 이야기다.

동화에나 나올 듯한 신비로운 산양.
아름다우면서도 강해 보이는 모습이 그를 닮았다.

뭘 그렇게 그려요?

그냥요. 예쁜 걸 보면 그려서 남기고 싶어요.
어렸을 때 부모님이 찍어주신 사진들을 보고 연작으로 그림을 그린 적이 있어요.
그 사진들을 보고 사진과 똑같이 그리는 게 아니라 내 기억 속에 남아 있는 이미지와 감성 그대로를 담으려고 했어요.
어린 시절이 많이 그리웠나 봐요. 그런 기억들을 정리해보고 싶어서 그림을 계속 그렸어요.

재미있네요. 제목이 뭐예요?

나름대로 '동동'이라고 지었어요.

동동?

수면에 나뭇잎이 동동 떠 있는 느낌이 들어서 그렇게 지었는데…… 그냥 뜻은 여러 가지예요.

묘 : 한 친구가 묘하게 찍혔다.

우리 것, 내 것

파로호 *Lake Paro*

파로(破虜)호라는 이름은 '오랑캐를 무찌른 호수'란 뜻으로 이승만 대통령이 직접 지었다.
잔잔해 보이는 이곳 호수에는 무서운 이야기가 전해진다.
한국전쟁 당시 화천전투에서 우리 군이 큰 승리를 이뤄냈는데,
이 호수에만 수만 명의 중공군이 수장되었다고 한다.
이야기와는 상관없이 왜가리와 재두루미들이 찾아들어 호수의 경관과 어우러진다.

무심하게 대충 기른 듯한 머리카락이 멋지다.
하늘도 호수도 한껏 흐려 온통 탁해 보이는 오전, 최명욱 선생님을 만났다.
그의 옷차림을 보니 역시 그가 예사롭지 않은 패션디자이너라는 생각이 든다.

"목걸이를 준비했는데 마음에 들지 모르겠어요."

선물을 받는다는 건 언제나 기분 좋은 일이다.
좋아서, 웃음이 난다.

"이게 새 모양인데 마침 저쪽 솟대 하나에 자리가 비었네.
목걸이를 저 솟대에 올리면 딱 어울리겠어.
마을의 악귀를 쫓아내고 좋은 일이 생기게 하는 게 솟대잖아요."

솟대에게는 미안하지만
선생님께 선물 받은 목걸이가 마음에 들어
거기 놓고 올 수는 없었다.

평화로운 호수 뒤에는 낮은 산들이 자리 잡고 있는데 산을 등지고 옹기종기 모인 집들이 보인다.
인적이 드문 호수 주변에는 갈대며 풀들이 사람 키만큼 자라 있다.

고요함이 지나쳐 쓸쓸한 기분이 든다.

소색이라는 단어, 아세요? 소색의 어원을 찾아보면 '원래 그대로의 색'이에요.
약간 아이보리 컬러에 가깝다고 말하면 쉬울까?
광목 아시죠? 목화, 면을 뽑아내는 목화가 꽃을 피우면 솜 같은 게 생기는데
그게 약간 노랗기도 하고 잡티도 있으면서, 아주 새하얗지는 않아요.
나는 소색이 가장 자연에 가까운 색이 아닌가, 생각해요.

소지섭. 소색.
뭔가 통하는 것 같은데요?

– 패션디자이너 최명욱

꺼먹다리 *Kkeomeok Bridge*

빨간 철근 위에 나무를 댄 다리로,
화천댐이 지어진 1945년에 함께 지어졌다. 올해로 65세.
해방 전에 일제가 기초를 놓고 한국전쟁 중 소련군이 교각을 놓았으며
휴전 후에는 화천군에서 상판을 놓았다.
나무로 만든 상판에 검은색 콜타르를 칠해 '꺼먹다리'라고 불리며,
한국전쟁부터 현재까지 험한 세월을 잘 견뎌내고 있다.
웅장한 모습은 단순하면서도 묘한 분위기를 연출하여
수많은 영화, 드라마의 촬영장소가 되기도 했다.

옷을 잘 입으려면 어떻게 해야 해요, 선생님?

옷을 워낙 잘 입어서 나보다 더 잘 알 것 같은데요? 패셔니스타로 알려져 있잖아요, 소지섭 씨는.

저는 그냥 제가 입고 싶은 대로 입어요.
분위기에 맞추려고 노력하긴 하지만 평상시에는 편하게,
그런 스타일이에요.

중요한 건 자기 스타일을 얻을 때까지 입어보는 거죠.
어울린다는 것은 내가 좋아하는 것이라고 봐요.
거울을 보고 나 자신이 좋아 보이면 그게 바로 멋있는 거지.
과하거나 부족하다고 그걸 만회하기 위해 자꾸 덧붙이다 보면 너무 인위적인 맛이 나요.
'정도'를 지키면 나만의 멋이 나오겠죠.

소지섭 씨는 자연스러우면서 격식에 치우치지 않아 더 멋스러운,
그런 느낌의 옷들이 잘 어울릴 것 같아요.

염원의 종 *The Desire Bell*

평화의 댐 상부에 위치한 '세계평화의 종 공원'에 있다.
나무로 만들어진 이 종은 소리가 나지 않는다.
남북분단의 현실을 담은 침묵의 종이기 때문이다.
공원에 있는 종은 모두 세 개로 염원의 종과 세계평화의 종,
그리고 마음의 종이 있다.
마음의 종은 통일을 바라는 사람들의 마음속에서만 울린다 하여
그 형상을 만들어놓지 않았다.

염원의 종이 침묵을 깨고 멀리 퍼져나가기를 바란다.

나무로 만들어진 염원의 종은 이렇게 높이 매달려 있다.
손을 뻗어 쓰다듬어본다. 나의 염원에 대해 생각한다.

가슴이 뜨겁게 끓어오를 때가 있다.

소지섭이 아닌 작품 속 배역으로 위장을 할 때 느끼는 카타르시스.
물론 100% '그 사람'이 될 수는 없다.
완벽하게 그 사람이 된다는 것은 거짓말이다.
하지만 연기를 하면서 그 역할을 사랑하게 될 때,
나한테 저런 얼굴이, 저런 모습이 있었나 하고 깜짝깜짝 놀랄 때가 있다.
계속 그런 모습을 발견하고 싶다.

배우로 살고 싶다.

배우 소지섭, 그거면 좋겠다.

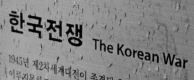
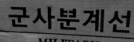

몸에 가장 이로운 옷을 만드는 디자이너, 최명욱

그는 가장 한국적인 것, 가장 자연에 가까운 옷에 대해 정답을 보여줄 사람인지도 모르겠다.

그는 '저 이파리를 따다가 물들이면 초록색 천이 나오고 흙물에다가 천을 담가놓으면 흙의 색깔이 나오는 것, 그게 천연염색'이라며 대수롭지 않다는 듯 이를 설명한다. 자연에서 바로 얻을 수 있는 것들이 사람에게도 진정 이롭다는 사실을 알게 된 계기가 있다. 아이가 아토피로 고생하는 모습을 보면서 무언가를 해야겠다는 생각이 들었다는 것이다. 가능한 한 사람에게 해가 되지 않는, 그러면서 자연에게도 이로운 옷을 만들겠다고 생각했다.

친환경 브랜드 '이새(Isae)'의 아트디렉터로 활동하고 있는 그는 요즘 염색에 푹 빠져 있다.
"어디 외진 곳이나 시골에는 농사짓고 밭 매다가 자기 옷을 척척 염색해 입으시는 분들이 아직 많아요. 역시 사람의 예술적 감성은 타고나야 한다는 얘기가 맞습니다. 그분들은 어려운 환경에서 태어나 먹고사는 문제로 다른 일을 하는 거지, 타고난 감성은 이미 예술가예요.
시골 외진 곳을 찾아가 그 양반들 원단 작업하는 걸 봤어요. 그분들은 원단이라고도 안 하고 그냥 천 쪼가리라고 하세요. '내 천 쪼가리 와서 보려면 봐라.' 이러시죠. 나는 그분들의 '천 쪼가리'에서 드리스 반 노튼의 프린트, 그 이상의 것을 보았습니다. 그 감성이란 평생, 태어나서 죽을 때까지 감출 수 없는 겁니다. 그걸 그대로 따라 할 수는 없겠지만 많이 배우고 싶어요."

"내가 디자인한 의상이 해외에서 좋은 반응을 얻으면 기분이 좋죠. 그런데 우리는 그들이 바라보는 '한국적인 디자인'이라는 것을 오해하는지도 몰라요. 디자인을 두고 내가 어떤 실험을 했을 때, 그들이 자연스럽게 받아들인 것들은 '한국적'이란 이름에 갇힌 의미가 아니었어요. 코리언, 한국, 이런 게 아닌 그냥 그 자체로 우리 것이 보여주는 에너지였어요. 저들에게 커다란 무엇이 있구나, 훌륭한 것들이 있구나, 하고 느끼는 거죠. 그건 한국 그 자체의 정신이 아닐까요?

나는 꿈이 무지 커요. 나는 옷을 만드는 사람이고 옷을 가지고 세계 최고가 되고 싶은 것은 당연합니다. 그래서 내가 가진 장점을 생각하게 되는데, 내가 가진 것은 역시 나는 한국에서 태어났고 한국 사람이고 한국에서 영감을 얻고 한국에서 얻은 모든 것으로 옷을 만든다는 사실, 바로 그겁니다. 그것이 나의 경쟁력이죠.

또 하나는 한국적인 디자인, 트래디셔널, 이런 것들을 의상에 접목시키는 것 외에 좀 더 구체적인 일을 하고 싶어요. 우리나라뿐 아니라 세계에서 공용으로 활용하는 패션사전이 있는데, '래글런 슬리브', 일본의 '기모노 슬리브'와 같은 용어처럼 거기에 한국어로 된 패션 공용어를 올리고 싶어요.
쉽게 얘기하면 코리언 룩이죠. 의상을 공부하는 사람들이 '아, 이런 것도 있었구나' 하고 놀랄 만한 세계 패션 공용어를 만들기 위해 노력하고 있어요.

저고리 슬리브, 이런 이름, 어떤가요?"

세계평화의 종 *The World Peace Bell*

분쟁의 역사를 겪었거나 분쟁 중인 60여 국가에서 4년간 모은 탄피 1만 관(37.5톤)을 수거해 제작한 종이다.
종 꼭대기에 장식된 비둘기 네 마리 중 한 마리는 날개 하나가 잘려 있다.
옆에 날개만 따로 전시되어 있는데 통일이 되었을 때에야 비둘기의 모습이 온전해진다고 한다.

타종을 한다. 묵직한 종소리가 애절하게 울려 퍼진다.

타종 후,
종에서 소리가 되울려 나오는 진동을 느껴보라는
가이드의 말에 종체 안쪽에 손을 가져다 댄다.

따뜻하기도 하고 또 슬프기도 한,
모한 울림.

날고 싶으면 날아라,
　　사람들 눈 피해서.

화해, 사랑

을지 전망대 *Eulji Observatory*

북쪽을 바라보면 북한군 초소와 논밭이 보인다.
맑은 날에는 금강산 비로봉과 일출봉 같은
주요 봉우리들도 볼 수 있는데,
비무장지대 남방 한계선에서 가장 가까운 데에 위치한
전망대이기 때문이다.
전쟁 당시 치열한 격전지였던 이곳은 지금도 군인들이
전망대 주변을 지키고 있다.
전망대 아래로는 펀치볼(Punch Bowl) 마을이 있다.
외국인 종군기자가 이곳에서 내려다본 모습이
화채 그릇처럼 생겼다고 해서 붙인 이름이다.

민통선 끼네 소지섭

가칠봉에 있는 을지 전망대에 왔다.
금강산이 비로소 일만이천 봉이 되려면 마지막 봉우리로 가칠봉이 들어가야 한단다.
바쁘게 스케치를 하는 박재동 선생님 옆에 앉아 펀치볼 마을을 바라본다.

이곳을 여행하며 드는 생각들은 쉽게 정리가 되지 않는다.
한적하고 평화롭기 그지없는 마을이나 바닷가, 맑고 깨끗한 자연,
때 묻지 않은 많은 것들이 이곳을 이루고 있다.
전쟁이 남기고 간 상처와 슬픔 때문에,
이렇게 아름다운 곳을 바라보고 있으면서도
마냥 감탄할 수만은 없는 현실이 무겁게 느껴진다.

저 멀리 새들이 난다……

소양호 *Lake Soyang*

강원도 춘천과 양구, 인제를 잇는 한국 최대의 인공호수다.
1973년 동양 최대의 댐이었던 소양강댐을 만들면서 생겨났다.
면적과 저수량 모두 한국 최대라서 '내륙의 바다'라고 불린다.

예전에 낚시를 즐길 때 몇 번 타본 쪽배를 오랜만에 탔다.
배가 요란한 소리를 내며 물살을 가르고 달리는데, 제법 빠르다.
서 있으면 자칫 중심을 잃고 빠질 것 같다. 얌전하게 앉아 있어야지.

"다녀올게!"

손을 흔들어본다.
월척을 낚을 일은 없겠지만 이 작은 배에 뭐라도 싣고 오고 싶다.

그게 청량한 공기나 바람뿐이라도 좋겠다.

선생님 머리 위로
말풍선이 따라 다니는 것 같아요.

내가 무슨 생각을
할 것 같은지
한번 맞춰보라고.

다.

거의 전멸하고 말았다.

집을 찾아 나섰다.

나 된장 따위를 찍어 먹으며 버텼다.

으로 살아오자 동네 사람들 모두가 놀랐다.

소용없었다.

구.

— 시사 만화가 박재동

와 같다.

굴까지,

는 '만화가 박재동'이 좋다고 말한다.

스케치하기를 멈추지 않는다.

여기저기 눈이 머무는 대로 그림을 그린다. 골목에서나 지하철에서.
되고 친해지고 사물을 소중하게 여기게 되어, 결국은 사랑하게 된다.
그림을 그리는 일은 대상을 사랑하는 일이다.
때는 내가 미다스의 손이 된 것이 아닐까 하는 생각이 들기도 하는데,
사실은 사물 자체가 원래 황금이었던 것이다.

저…… 어떻게 하고 있을까요? 고개를 이렇게 돌리고 있을까요?

카메라 앞에 설 때와는 또 다른 기분이라 어색해서 안절부절못한다.
그림을 그리는 동안 지그시 날 바라보는 선생님의 눈빛이 내 전부를 꿰뚫어볼 것만 같다.

독특한 관점으로 세상을 보고 또 그걸 표현할 수 있는 선생님이 부럽다.
그림이나 글로 생각과 감정을 표현한다는 것은 참 대단하다.
나는 내 생각을 말로도 잘 표현하지 못할 때가 많은데. 쩝.

만난 순간부터 지금까지 한 번도 펜과 종이를 몸에서 떨어뜨리지 않고 끊임없이 스케치를 하셨다.
선생님이 사물과 세상을 보는 눈은 조금 다른 것 같다.
그림에 대해서는 잘 모르지만 선생님이 그린 그림에서는 따뜻함이 느껴진다.
어떤 사람이든 선생님의 그림에 담긴 얼굴은 선하고 부드러운 모습을 하고 있다.

생각해보면 그건 사랑이다.

세상 모든 것들에 대한 사랑과 관심, 그리고 힘내라는 응원이 아닐까?

스타로서의 생활이란 화려하지만 외롭잖아요
저도 그래요. 대화할 시간이
없거든요. 하지만 저는
또 일이 좋아요

소양호에서의 소지섭
지섭 10. 7

애매한 하늘이다.

가슴이 확 트이는 것 같아.
그렇지 않나, 소 군?

저 안에서 우리를 기다리고 있는 것은

무엇일까……

대암산 용늪 *Yong Swamp of Daeam Mountain*

대암산은 '큰 바위산'이라는 뜻으로, 웬만한 차로 올라가도
아슬함이 느껴질 만큼 산세가 굉장히 험하다.
한국전쟁 당시 치열한 격전이 벌어지기도 했던
대암산 꼭대기에는 '용이 하늘로 올라가다 쉬어가는 곳'이라
불리는 용늪이 있다. 용늪은 남한 지역에서 유일하게
산 정상에 형성된 고층 습원으로 이미 4,000여 년 전에
만들어져 환경부의 보호를 받고 있다.
세상과 단절된 채 오랜 시간을 버티어,
거대한 원시림 같은 모습을 띤다.

나이가 들면 말이야, 참 즐거워.
이런 신기한 곳에 와보니까 신이 나서 춤을 안 출 수가 없잖아.
지섭이처럼 젊은 나이에는 아마 나처럼 못할 거야.
젊은 친구들이 나처럼 아무 데서나 춤을 추면 미쳤다는 소릴 듣겠지만,
나처럼 나이 먹은 사람이 흥에 겨워 춤을 추면
"아, 저 어르신이 기분이 좋은가 보구나." 할 것 아니냐고.

나이 먹는 게 이렇게 즐거울 수가 없어.

– 시사 만화가 박재동

대망산 풀들의 춤지섬   제임 '97

습지의 축축한 바람과 안개 속 한가운데에 서 있다.
불어오는 바람에 눈을 뜨기 힘들다. 몸이 밀려 넘어질 것처럼 바람이 세다.

온몸을 바람에 맡긴 채 서서 눈을 감아본다.

지금 이 세상에는 나 하나뿐이거나 온 세상이 다 내 것 같다.
행. 복. 하. 다.

늪은 키가 너무 자라버린 풀들이 모두 점령해버렸다.

풀들은 전부 바람의 방향대로 몸을 눕히고 있었다.

용이 쓸고 지나간 자리일 것이다.

힘이 센 풀들을 헤치고 걷는데, 길이 잘 보이지 않는다.

발이 물에 빠지기도 하고 억센 풀뿌리 같은 것에 긁히기도 한다.

하지만 거기에는 분명 길이 있었다.

여길 또 올 수 있을까……
아쉽다.

뒤를 돌아보았다.
다녀온 길이며 울창했던 풀과 나무들은 안개에 지워진 채 보이지 않았다.
선생님은 멈추어 서서 나지막한 목소리로 말씀하셨다.

"이제 보니 우리가 아무것도 없는 곳에서 돌아왔구나……."

이제 또,
어떤 길이 나를 기다리고 있을까?

강원도 인제군 대암산
용늪에 핀 가는오이속

김남희

먼저, 저는 소설가도 사진작가도 아닙니다.

이번 작업은 강원도 깊은 곳 민간인의 출입이 통제되고 있는 그곳을 여행할 수 있다는 설렘으로 시작했습니다. 전쟁이 남겨준 이 특별한 공간이 궁금하기도 했습니다. 또한 한 작품 속 캐릭터가 되어 연기자로 보여지는 소지섭과는 조금 다른 제 모습을 보여줄 수 있는 기회가 될 것이란 생각도 있었습니다.
지나고 보니 그 귀한 시간들은 내가 나에게 더 다가가 속내를 들여다볼 수 있었던 색다른 작업이었고, 동시에 선물 같은 휴식이 되어주었던 것 같습니다.

조금 알거나 혹은 평생 모르고 살았을 소중한 분들과 좋은 기억을 나누고 왔습니다.

이분들과 아무도 의식하지 않고 웃어도 보고, 궁금한 건 언제든 편하게 물어보며, 또 낯가림도 이겨보았습니다. 꽤 즐겁고, 괜찮은 경험이었습니다.
짧았지만 긴 여운이 남는 이 귀한 시간들은 오랫동안 저를 행복하게 할 것 같습니다. 이번 작업에 참여해주신 모든 게스트 분들과 고생하신 스태프 여러분들도 즐거운 추억이 되셨기를 바랍니다.

촌철살인 만화가 박재동 선생님, 많은 객식구들 저녁까지 챙겨주신 감성마을 촌장 이외수 선생님, 예술은 타인의 고민을 대행하는 것임을 알게 해주신 이응종 작가님, 우리 것의 멋스러움을 지켜나가시는 최명욱 디자이너님, 호반새처럼 생기고 멋진 새박사 정다미 씨, 비 오는 고속도로를 장장 4시간에 걸쳐 달려와준 아티스트 두식앤멀떨 커플. 그리고 고단함을 마다 않고 바쁜 시간 내어준 타이거JK 형에게 고맙다고 말하고 싶습니다.

덥고, 비 오고, 궂은 날씨에도 불구하고 현장에서 고생해준 모든 스태프 분들과 하늘, 바다, 새, 이름 모를 꽃과 풀 그리고 이 책을 읽어주신 당신께 감사합니다.

소 지 섭

Photo by 소지섭

DMZ : Demilitarized Zone, 비무장 지대

DMZ는 1953년 휴전이 되면서 서쪽 임진강 하구에서 동쪽 고성 명호리까지 그어진 군사분계선(휴전선)을 기준으로 남과 북이 2km씩 물러나 앉은 군사적 완충지대이다. 이곳은 인간의 간섭을 받지 않은 자연을 그대로 보존하고 있는 '자연생태계의 보고'인 한편, 인간의 적의(敵意)에 의해 길들여진 뜻밖의 공간이기도 한, 모순적인 의미를 띠고 있는 곳이다. 한때 최고의 인구와 활발한 무역을 자랑하던 철원군으로부터 화천, 양구, 인제, 고성까지…… 60년 동안 묵묵히 간직해온 이곳의 이야기들에 귀를 기울이면, 천연기념물로 지정된 신비로운 생명들과 함께 전쟁의 아픔이 서린 흔적들이 고스란히 전해지는 듯하다.

* DMZ 근방의 관광지 중 민통선 내부로 들어갈 때에는 입구에서 신분 확인을 거쳐야 가능하며, 특정 지역은 미리 관련기관 혹은 군부대의 협조를 받아야 한다. 그리고 북쪽을 배경으로 한 사진촬영은 금하고 있다.

철원군

이태준 생가터 | 구철원역사 | 노동당사 | 월정리역 | 철원평화전망대 | 금강산철길 | 토교저수지
승일교 | 전선교회 | 전선휴게소 | 민들레벌판 | 마현리(울진촌)

화천군

인민군사령분막사 | 산양리 사방거리 | 꺼먹다리 | 화천댐 | 파로호 | 비구수미 마을 | 평화의 댐 | 비목공원 | 세계평화의 종 공원

양구군

두타연 | 단장의 능선 | 금강산 가는 길 | 제4땅굴 | 펀치볼 | 을지전망대 | 양구통일관 | 산양증식복원센터 | 대암산용늪
방산자기박물관 도솔산전적비 | 양구파로호 인공습지 | 국토정중앙 한반도섬 | 박수근미술관 | 팔랑폭포
팔랑민속관 | 소양호 승선장

인제군

서화2리 | 한국DMZ평화생명동산 | 천도리 | 리빙스턴교 | 인제산촌민속박물관 | 38대교
신남선착장 | 38선휴게소 | 줄장루이공원

고성군

통일전망대 | DMZ 박물관 | 명파리 | 통일안보공원 | 대진항 | 화진포호 | 화진포해수욕장 | 건봉산충혼비

* 참조 : 「DMZ, 전혀 뜻밖의 여행, 한국DMZ연구소」

기획 · 제작 살림출판사 · ㈜ 51k

Cast

주연 소지섭

등장인물
두 번째 스케치 **자유** – 타이거JK
세 번째 스케치 **꿈** – 정다미
네 번째 스케치 **상처 그리고 치유** – 이웅종
다섯 번째 스케치 **청춘 · 열정** – 이외수
여섯 번째 스케치 **기억, 남기고 싶은 것** – 두식앤딸띨
일곱 번째 스케치 **우리 것, 내 것** – 최명욱
여덟 번째 스케치 **화해, 사랑** – 박재동

프로듀서 정현미
촬영 박민석 · 김재우
㈜ 51k 김정희 · 박연경 · 김성환
스크립터 김빛나 · 권용선 · 이부원
아트디렉터 박앤컴퍼니
의상 한혜연 · 남혜미
분장 전미연 · 박설희
헤어 김현진 · 박은정

도움 주신 분들

강원도 DMZ 명소화추진팀
전 명소화추진팀 팀장 백창석 · 현 명소화추진팀 계장 장일재 · 명소화추진팀 이만희
양구
양구군 부군수 김대영 · 양구군 경제관광과 과장 임철호 · 양구 관광개발담당 정용호
양구 관광개발팀 안경자 · 을지전망대 관장 정충섭 · 21사단 정보처리담당 김춘성 상사 · 소양호 관리 정재관
화천
화천군 관광정책과 과장 김세훈 · 화천군 정책기획단 단장 김준성 · 화천군 정책기획단 박영미 · 화천군 정책기획단 강두일
철원
관광개발담당 계장 신중철 · 관광개발담당 임상빈
고성
고성군 군수 황종국 · 고성군 군의회 의장 문명호 · 고성군 관광문화체육과 과장 김정필
고성군 관광문화체육과 정책계 최광일 · 고성군 관광문화체육과 관광통역 안내원 김명옥 · 22사단 김선영 대위

소지섭의 길

| 펴낸날 | 초판 1쇄 2010년 8월 31일 |
| | 초판 9쇄 2010년 9월 15일 |

지은이	소지섭
펴낸이	심만수
펴낸곳	(주)살림출판사
출판등록	1989년 11월 1일 제9-210호

경기도 파주시 교하읍 문발리 파주출판도시 522-1
전화 031)955-1350   팩스 031)955-1355
기획·편집 031)955-1383
http://www.sallimbooks.com
book@sallimbooks.com

ISBN   978-89-522-1502-4   03810

※ 값은 뒤표지에 있습니다.
※ 잘못 만들어진 책은 구입하신 서점에서 바꾸어 드립니다.

책임편집 정현미